Schulausgabe

1. Lesestufe

Inge Meyer-Dietrich

Der kleine Drache und der Monsterhund

Mit Bildern von Almud Kunert

Mildenberger Verlag

Ravensburger Buchverlag

Bibliografische Information der Deutschen Nationalbibliothek:

Die Deutsche Nationalbibliothek verzeichnet diese Publikation
in der Deutschen Nationalbibliografie.
Detaillierte bibliografische Daten sind im Internet
über http://dnb.d-nb.de abrufbar.

8   17

Ravensburger Leserabe
© 2007 für die Originalausgabe
Ravensburger Buchverlag Otto Maier GmbH
© 2010, 2011 für die Ausgabe mit farbigem Silbentrenner
Mildenberger Verlag GmbH
Im Lehbühl 6, 77652 Offenburg und
Ravensburger Buchverlag Otto Maier GmbH
Postfach 18 60, 88188 Ravensburg
Umschlagbild: Almud Kunert
Umschlagkonzeption: Sabine Reddig
Printed in Germany
ISBN 978-3-619-14348-1
(für die gebundene Ausgabe im Mildenberger Verlag)
ISBN 978-3-473-38539-3
(für die broschierte Ausgabe im Ravensburger Buchverlag)

www.mildenberger-verlag.de
www.ravensburger.de
www.leserabe.de

Inhalt

Der erste Schultag

Endlich!

Fuega kommt heute in die Schule.

Die Drachenmutter bringt sie hin.

Fuega hüpft aufgeregt
über alle Stolpersteine.
Der Schulweg gefällt ihr.
Das bunte Haus an der Ecke!
Der Apfelbaum!

Plötzlich stellt sie die Ohren auf.
Was war das?
Da! Hinter dem blauen Tor
bellt ein Hund!
Fuega starrt ihn an.
Der Hund macht ihr Angst.

Er ist riesengroß und pechschwarz.

Er hat ein wildes, zottiges Fell.

Seine lange Zunge

hängt ihm aus dem Maul.

Und die Zähne!

Oh, diese schaurigen Zähne!

Die Drachenmutter geht zum Tor.
Sie rollt mit den Augen
und spuckt ein gewaltiges Feuer.
Sie faucht das gefährlichste Fauchen,
das man sich denken kann.

Der Monsterhund klappt das Maul zu.

Er zieht den Schwanz ein.

Weg ist er!

Er verkriecht sich in seiner Hütte.

Die Drachenmutter lacht.

„Komm, Fuega", sagt sie. „Es wird Zeit!
Das letzte Stück müssen wir fliegen."

Da ist die Schule!
So viele kleine Drachen
hat Fuega noch nie gesehen.

11

Sie sitzt neben Alev
mit den lustigen Ohren.
„Heute lernt ihr eure Namen
in Feuerschrift",
sagt der Drachenlehrer.

Die Drachenkinder üben Feuerzeichen,
bis die Schule aus ist.

Fuega geht mit der Mutter nach Hause.
Stolz trägt sie die Schultüte.
Vom Monsterhund keine Spur!

Ein neuer Freund?

Am nächsten Morgen
marschiert Fuega allein los.
Ein Feuerwehrauto rast an ihr vorbei.

14

Sie läuft hinterher.

Ihr Rucksack klappert.

Das findet Fuega lustig.

Aber dann!

Wuff, wuff und wuffwuff!

Der Monsterhund
mit den schaurigen Zähnen!
Wie grausig er bellt!

Vor Schreck kann Fuega nicht fliegen.
Sie stolpert um die Ecke.
Nur weg von hier!

Sie kommt zu spät in die Schule.
„Morgen musst du pünktlich sein",
sagt der Lehrer.

Alev schenkt Fuega Kuchen.
„Von meiner Oma", sagt er.
„Aus der Türkei."

Die Feuerschrift macht Spaß.
Mit Alev doppelte Saltos
zu fliegen
und die Türkei
auf der Landkarte zu suchen
macht Spaß.

Schule könnte so schön sein.
Wenn nur der Schulweg
mit dem Hund nicht wäre!

Fuega muss ständig Umwege machen,
nie kommt sie pünktlich.
„Entschuldigung", sagt sie.
„Da war ein Unfall."
Oder: „Ein Baum lag auf der Straße."

Der Lehrer runzelt die Stirn.

„Was erzählst du für Geschichten?

Flieg einfach, wenn dir was im Weg ist."

Dicke Drachentränen
kullern über Fuegas Gesicht.
Doch sie kann nicht sagen,
warum sie solche Angst hat.
Sie ist doch ein Drache!

Alev stupst Fuega an.
„Wollen wir uns treffen?",
flüstert er ihr ins Ohr.
„Heute Nachmittag?"

Fuega wischt die Tränen weg.
„Komm zu uns,
wir wohnen am Strand", sagt sie.
„Da kann man schön spielen."

Sie erklärt Alev den Weg.

Der Apfelbaum. Das bunte Haus.

Vom Monsterhund sagt sie nichts.

Alev, der hat bestimmt keine Angst.

„Um drei bin ich da", verspricht er.

Was machen wir jetzt?

Wo bleibt Alev nur?

Fuega geht ihm entgegen.

Vorbei am bunten Haus.

Sie klettert auf den Apfelbaum.

Von Alev keine Spur.

Fuega kehrt um.

Sie lässt Steine übers Wasser tanzen.

Endlich kommt Alev geflogen.

Ganz außer Puste.

„Tut mir leid", keucht er.

„Da war ein Hund. So ein Monster!

Ich hab mich nicht vorbeigetraut."

„Darum komme ich immer zu spät."
Fuega seufzt. „Der Hund.
Wenn ich ihn sehe,
kann ich vor Angst kaum laufen.
Und fliegen schon gar nicht."

Alev lässt sich in den Sand fallen.

Neben Fuega.

Sie sehen den Möwen nach.

Eine Maus flitzt aus ihrem Loch.

Fuega springt auf.

Sie rollt mit den Augen.

Zack, ist die Maus verschwunden.

„Alev!", ruft Fuega.
„Wir fangen mit kleinen Tieren an,
bis wir uns zum Monsterhund trauen."

Begeistert wackelt Alev mit den Ohren.
„Weißt du, wo die Hasen wohnen?"
„Klar", sagt Fuega. „Drüben am Wald."
Schon sind die Freunde unterwegs.

Es klappt!
Es klappt mit den Hasen
wie mit der Maus.

„Lass uns Hunde suchen",
schlägt Fuega vor.
„Ich weiß nicht", sagt Alev.

„Klitzekleine Hunde."

Fuega denkt an Ups von nebenan.

„Wie eine Klobürste sieht er aus",
findet Alev.
Ein einziges Fauchen,
schon saust Ups davon.

Drei Häuser weiter
beim dicken Mops
spucken die Freunde ein Feuer.
Der Mops landet vor Schreck im Gebüsch.

Fuega und Alev üben.
Sie üben mit immer größeren Hunden,
wagen sich fast bis zum blauen Tor.

Doch zum Monsterhund
wollen sie lieber erst morgen.
Alev fliegt einen Riesenumweg
nach Hause.

Oh Schreck, oh Wunder!

Fuega und Alev treffen sich früh,
noch ehe die Schule beginnt.
Sie wollen zusammen mutig sein.

Aber, oh Schreck,
das blaue Tor steht offen.
Der Monsterhund kommt angewetzt.

Jetzt kann ich nicht mehr weglaufen,
denkt Fuega.
Ich kann nicht mehr zurück,
denkt Alev.

Sie rollen die Augen
und schneiden grässliche Fratzen.
Sie werfen ihre Feuer zusammen,
dass es zischt und faucht.

Warum verkriecht der Hund sich nicht?
Es sieht aus, als ob er lacht.

„Vielleicht mag er unser Feuer?"
Fuega spuckt ein extraschönes.
„Vielleicht mag er Fratzen?"
Alev gelingt eine besonders gruselige.

Der Hund legt sich auf den Rücken.

Er sieht gar nicht mehr böse aus.

Langsam geht Fuega näher.

„Hallo, Hund!", sagt sie.

Er blinzelt.

Vorsichtig streichelt sie ihn am Ohr.

Das scheint er zu mögen.

Alev pfeift staunend ein Flämmchen

zwischen den Zähnen hervor.

„Wir kommen bald wieder", sagt Fuega.

Dann fliegt sie mit Alev zur Schule,
schnell wie der Wind.
Sie stolpern zu spät
ins Klassenzimmer.
„Das letzte Mal",
keucht Fuega.
„Versprochen!"

Leserätsel

mit dem Leseraben

Super, du hast das ganze Buch geschafft!
Hast du die Geschichte ganz genau gelesen?
Der Leserabe hat sich ein paar spannende
Rätsel für echte Lese-Detektive ausgedacht.
Mal sehen, ob du die Fragen beantworten kannst.
Wenn nicht, lies einfach noch mal auf den Seiten
nach. Wenn du die richtigen Antwortbuchstaben
in die Kästchen auf Seite 41 eingesetzt hast,
bekommst du das Lösungswort.

Fragen zur Geschichte

1. Wen sieht Fuega hinter dem blauen Tor?
(Seite 6/7)
A: Sie sieht einen riesengroßen, pechschwarzen
Hund.
O: Sie sieht viele kleine Drachen.

2. Was machen Alev und Fuega in der Schule?
(Seite 18)

P: Sie backen zusammen einen Kuchen.

N: Sie fliegen doppelte Saltos und suchen die
Türkei auf der Landkarte.

3. Warum landet der Mops im Gebüsch? (Seite 32)

K: Alev hat ihn ins Gebüsch geschubst.

S: Fuega und Alev haben Feuer gespuckt,
um ihn zu erschrecken.

4. Was macht der Monsterhund, als Fuega und Alev
ihn erschrecken wollen? (Seite 37)

U: Er rennt davon.

T: Er legt sich auf den Rücken und sieht gar
nicht mehr böse aus.

Lösungswort:

| 1 | 2 | G | 3 | 4 |

Rabenpost

Super, alles richtig gemacht! Jetzt wird es Zeit
für die RABENPOST.
Schicke dem LESERABEN einfach eine Karte
mit dem richtigen Lösungswort. Oder schreib eine
E-Mail. Wir verlosen jeden Monat 10 Buchpakete
unter den Einsendern!

An den LESERABEN
RABENPOST
Postfach 20 07
88 190 Ravensburg
Deutschland

leserabe@ravensburger.de
Besuch mich doch auf meiner Webseite:
www.leserabe.de

Leichter lesen lernen mit der Silbenmethode

Durch die farbige Kennzeichnung der einzelnen Silben lernen die Kinder leichter lesen. Das gelingt folgendermaßen:
1. Die einzelnen Wörter werden in Buchstabengruppen aufgeteilt. Diese kleinen Gruppen sind leichter zu erfassen als das ganze Wort.
2. Die Buchstabengruppen sind ganz besondere Einheiten: Sie zeigen die Sprech-Silben an. Die Sprech-Silben sind der Schlüssel, um ein Wort richtig lesen und verstehen zu können.

Zum Beispiel können bei dem Wort „Giraffe" auch die ersten drei Buchstaben „Gir" als Gruppe gelesen werden: Gir - af - fe. Das könnte dann der Name einer besonderen Affenart sein.
Mit den farbigen Silben dagegen werden sofort die richtigen Buchstabengruppen erkannt: Gi - raf - fe. Beim Lesen ergibt sich automatisch der richtige Sinn. Es ist das Tier mit dem langen Hals gemeint.

Warum ist das so?
Beim Lesen in **Sprech-Silben** klingen die Wörter so, wie wir sie **sprechen** und **hören**. So kann der Sinn der Texte leichter entschlüsselt werden – lesen macht Spaß!
Sobald das Lesen flüssig gelingt, können auch alle Texte ohne farbige Silben sicher erfasst werden. Durch das Training erkennen die Kinder die Sprech-Silben automatisch.
Dadurch lesen alle Leseanfänger leichter und besser – und auch die nicht so starken Leser können schneller Erfolge erzielen.

Die farbigen Silben helfen nicht nur beim Lesen, sondern auch bei der **Rechtschreibung**. Sie machen die Struktur der deutschen Sprache sichtbar. Der Leseanfänger nimmt von Anfang an die Silbengliederung der Wörter wahr – und kann so die richtige Schreibweise ableiten.

Markieren die farbigen Silben die Worttrennung?
Die farbigen Silben zeigen die Sprech-Silben eines Wortes an. In den allermeisten Fällen ist das identisch mit der möglichen Worttrennung am Zeilenende. In erster Linie bei der Trennung einzelner Vokale (a, e, i, o, u; z. B. E-va, O-fen, Ra-di-o) gibt es einen Unterschied: Nach der aktuellen Rechtschreibung werden diese am Zeilenende nicht abgetrennt. Da diese Wörter aber mehrere Sprech-Silben haben, sind diese auch mit zwei Farben gekennzeichnet: Eva, Ofen, Radio, beobachten.

Weitere Informationen zur Silbenmethode auf: www.silbenmethode.de

Ravensburger Bücher

Leserabe

Leichter lesen lernen mit der Silbenmethode

Monstergeschichten
ISBN 978-3-473-**38542**-3*
ISBN 978-3-619-**14353**-5**

Pimpinella Meerprinzessin und der Delfin
ISBN 978-3-473-**38545**-4*
ISBN 978-3-619-**14352**-8**

Der mutigste Ritter der Welt
ISBN 978-3-473-**38546**-1*
ISBN 978-3-619-**14450**-1**

Nixengeschichten
ISBN 978-3-473-**38548**-5*
ISBN 978-3-619-**14451**-8**

Baumhausgeschichten
ISBN 978-3-473-**38550**-8*
ISBN 978-3-619-**14452**-5**

Das Hexeninternat
ISBN 978-3-473-**38543**-0*
ISBN 978-3-619-**14354**-2**

Fußballgeschichten
ISBN 978-3-473-**38544**-7*
ISBN 978-3-619-**14355**-9**

Kleiner Fuchs auf großer Jagd
ISBN 978-3-473-**38547**-8*
ISBN 978-3-619-**14456**-3**

Ein Bruder für Anna
ISBN 978-3-473-**38549**-2*
ISBN 978-3-619-**14457**-0**

Mama hat heut' frei
ISBN 978-3-473-**38551**-5*
ISBN 978-3-619-**14458**-7**

* **Broschierte Ausgabe** bei Ravensburger

** **Gebundene Ausgabe** bei Mildenberger

Mildenberger Verlag

Ravensburger

www.ravensburger.de / www.mildenberger-verlag.de

ERZ_14_002